U0130600

躺在屋頂上的夢

游東煜 ——— 著

目錄

目錄

目錄

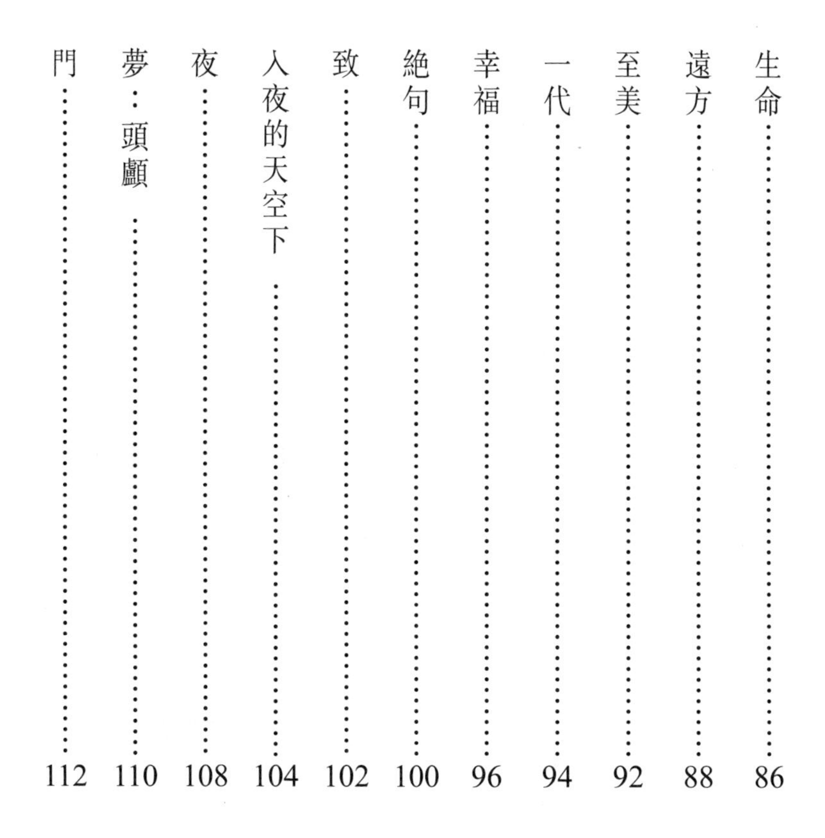

目錄

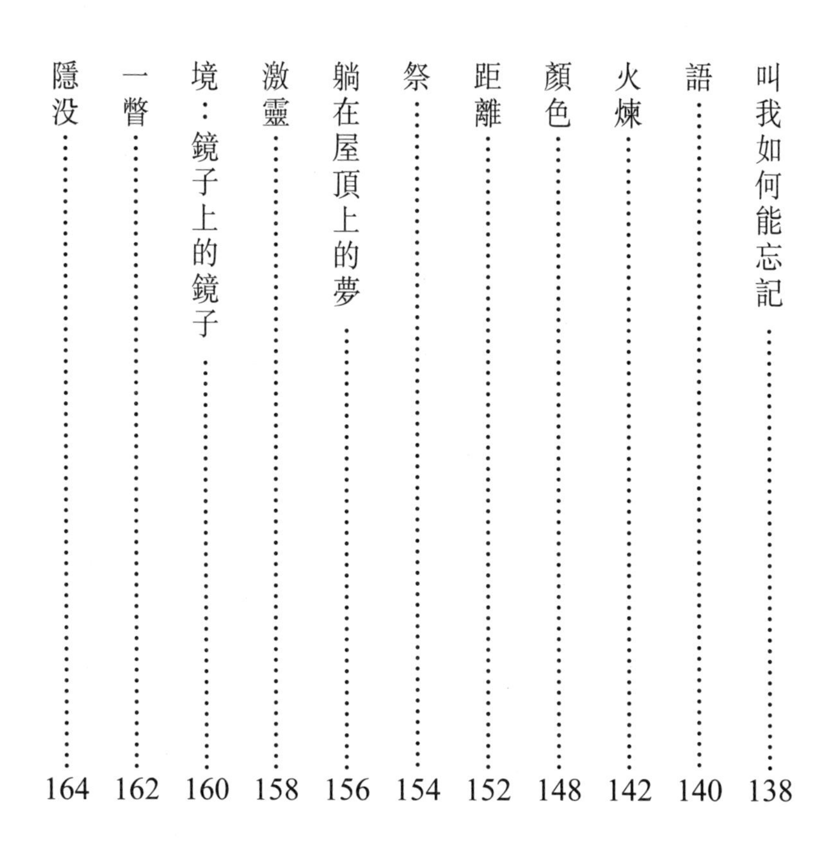

目錄

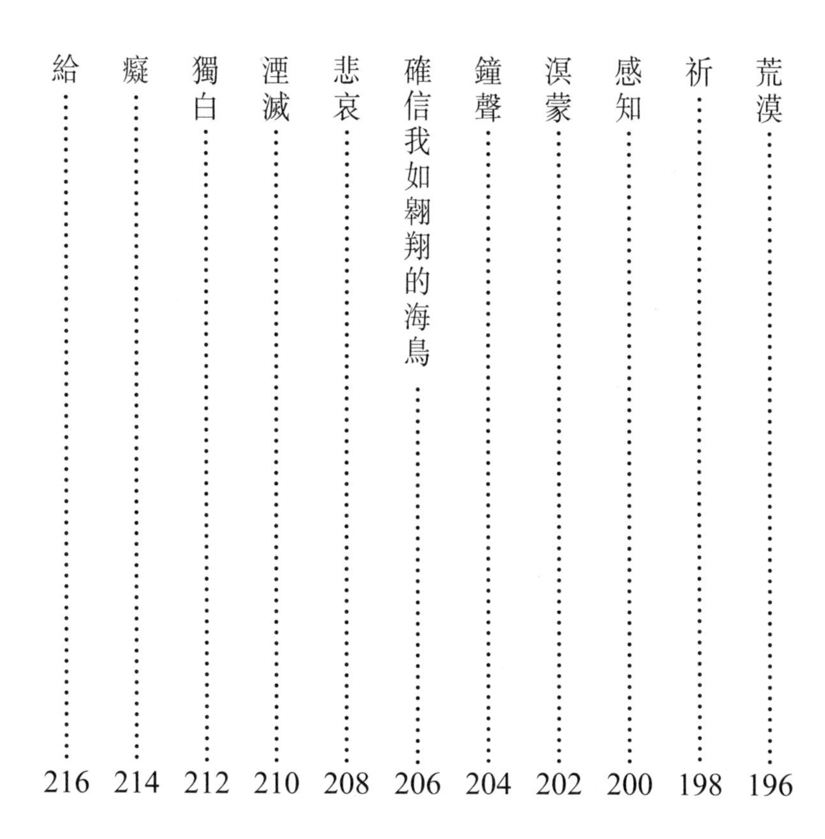

目錄

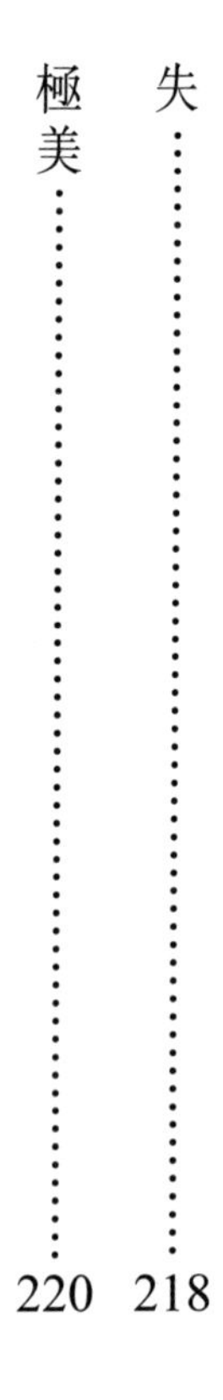

躺在屋頂上的夢

冰

如是，以堅韌的氣質
冰肌玉膚的機姿綽態
直達驚豔的瑩澈
引來片片驚歎的目光
我必心懷深深的感激

如是，穿過茫茫的寒冷
在溫煦的芒中

渙然消融了
冰清玉潔的姿顏
我將坦然忘掉所有的讚譽
甜蜜地奉送出應有的甘美

——一個終點到達
另一個未來降臨
就讓我一頭紮進春天柔嫩的懷抱吧！

我始終相信
是春天，就必定會有春天的色彩……

冰

唱給夜晚的歌

夜晚的唯一光芒是黑
黑以後還是黑
夜晚的黑　不是一般的黑
夜晚的黑是蒼白的骨肉所照亮

夜晚。夜晚
照耀我的兩隻漆黑眼睛

夜晚
夜晚
語言繽紛的閃電枯萎
一雙漆黑的眼睛深湛如沉默的嘴唇

夜晚，月亮和我惺惺相惜
夜晚，我和太陽同病相憐

唱給夜晚的歌

放歌

如斯我頹敗而歸
手扶暮色
走向星空下朦朧的神奇遠方

如斯我從起點走向遠方永久的道路
獻出優美辭藻
摘下如花冠冕

如斯我感覺千百年之後的我
躺在屋頂
眯著眼睛
把腳丫架在陽光的肩膀上

雪白的手撫摸著我
溫暖撫摸我

如斯我的愛意漫衍心髓
嫵媚了萬千年的纏綣意蘊

夜曲

黑夜裡我空虛而寒冷
空虛而寒冷的黑夜
我的心分外悲哀
那悲哀是黑夜的空虛而寒冷

而我只可流落於空虛而寒冷的黑夜
像黑夜身上的傷疤
空虛而寒冷

黑夜裡我空虛而寒冷
在空虛而寒冷的悲哀裡
讓空虛永遠空虛
讓黑暗繼續黑暗

我是黑夜忠誠的寶貝兒子
一個人將黑夜坐穿
如醉如癡

黑夜啊她把我沉浸
緊緊抱住
從頭到腳吻遍我全身的每一寸肌膚

疏影

是誰靜謐的庭院
枝葉爬出牆外
引來我驚喜的目光

她輕輕把門掩上
將寂寞鎖在屋裏
我在門外

她在屋裏

這麼近

那麼遠

最後一夜

1

我必然勝利　你也必然勝
奪命的斧鉞　已埋伏在黑夜
埋伏在你內部
等待著一次最徹底的爆發
等待著一次最勇武的砍殺
剁下有罪的頭顱

2

埋葬我們的必是偉大的太陽
在太陽的芒中
坐滿聖人。聖人中沒有我們
我們走向墓地時聖人方才誕生

放飛

輕輕地拍了拍翅膀
天空因此更加遼闊

穿過滾滾風塵
世界席卷而去
留下一個翩翩背影

放飛

魂靈

我坐在馬背上
烏暗壓在我身上
我走到哪裡
烏暗就在哪裡
烏暗裡
只有我和馬

馬

我矯健的親人
深微的思想
我與你相依爲命
互相傾吐秘密
你是我親近的親人
理想焯爍

我的親人天真純潔
帶有野性
落拓不羈
有時溫潤
有時憤怒
天下空無他人

魂靈

躺在屋頂上的夢

岑寂宛如岩石般僵硬
啊，烏暗是虛空
虛空裡只有我和你
我和你在劫
一切從烏暗開始
黑夜裡塵土不再飛揚
一切闃靜無聲
而死滅的祭歌
鐫刻在黑暗的皮上

烏暗斧刃明亮
在我的肉體上磨礪

最後必然砍下我

烏暗坐在神靈光輝的寶座
漫長
悠久

魂靈

在這個冬天

在這個冬天
寒冷的日子
請讓我坦白
我無法融化一場雪
在這個冬天
我自己融化我自己

在這個冬天

純潔的花朵
爲誰盛開
純潔的花朵
一瓣一瓣地飛揚

在這個冬天
我仍然相信
該到來的都將到來

靈

死路寬敞
血色迷糊
一片蒼茫
一切窒息

而永不妥協的號角
響亮地宣告了
生命的永不妥協

而痛苦的偉大讚歌
從胸膛裏發出
無可摧毀的意志
死路上生命茁壯成長
死路上生命意味深遠

躺在屋頂上的夢

焚：芒

光明的皇冠滾落漆黑的火焰
和我在漆黑的大火中相逢
在大火中我們一起交談吐訴

我火熱的嘴唇印在你火熱的嘴唇
我的身體沉醉於火
沉醉於黑和你

在無邊的黑暗裡
你是唯一的光芒
你是無法褫奪的夢想
唯一的情人

——啊，火焰熾盛的祭儀
在永不更迭的繽紛裡焚燒
燒盡我的骨血和全部的思想

焚：芒

不一樣的眼睛

你憑感知遐想光彩
我用眼睛凝望晦暗

一邊是看得到晦暗
一邊是見不到光彩

一切很近
一切很遠

不一樣的眼睛

躺在屋頂上的夢

噩

冰涼的血液裡骨頭在流蕩
血液中的骨頭
火紅而燦爛
如一片炎炎的火焰
要讓冰涼的血液光芒四射
它們是姐妹　兄弟和親人
它們以我爲家

它們要讓我冰涼的血液充滿火和疼痛
它們要在我的身體內部度過一生
它們以血爲食　以我爲生
像我羞澀的情人一生只熱愛我一人

躺在屋頂上的夢

沒有一根火柴讓我在夜晚劃亮整個世界

而今我所在的夜晚
比別的夜晚黯澹
星辰和月色
遁入黑暗之中
黑暗裡
光澤是遙遠的芒
是夢想的燦爛

而今我所在的夜晚
黯澹得使我只看見白骨
而今我所在的夜晚
只有骨頭熠熠生輝

而今我所在的夜晚
一個人
一場夢
一個村莊

沒有一根火柴讓我在夜晚劃亮整個世界

躺在屋頂上的夢

一個人的村莊和一個人的夢
聲息微薄

而今我所在的夜晚
只剩白骨一片
夜晚越來越深
既黑又漫長
我靠在它的懷裡
沉睡

我的沉睡
緣於我所在的夜晚
沒有一根火柴讓我劃亮整個世界

沒有一根火柴讓我在夜晚劃亮整個世界

野花

我始終是那野花一片中的一片
我始終是那埋葬了骨殖的土地所餵養的兒子
我的家是一座埋葬人的墳墓
把人埋得很深

在我埋人的家裡
没滅是唯一結果
我不歌唱也不哭泣

我始終是那墳墓上的野花中的一片
先是空虛地生
後是空虛地死
所有的日子都是我夢中的景色
希望亡闕　一切註定
我不疑惑　無論生與死

躺在屋頂上的夢

我的家永遠是一座埋葬人的墳墓
這墳墓裡沒有秘密
野花一片中的一片
萬物沉睡
一片空闃
古老腐朽

野花

滅

滅絶來了
塵土，我以血的事實斷定
有了血，死亡來了
——我們血液充沛
塵土啊
我已聽見了死亡的心跳聲
我們來了，死亡來了
——我們血液沸騰

你這萬物的墓地
你這屍骨的沃土
我們帶著光榮
帶著罪戾來了
我們是你
豐足的糧食和甜美的漿液
我們是你
永遠的親人和讚美的篇章

看到了嗎？我們來了
在你的遼闊墓塋上
血液如怒吼的岩漿

我們來了，塵土

滅

躺在屋頂上的夢

你是我們悲哀的心靈慰籍
你是我們苦痛的驕傲
我們生命的一部分
依然是守候光明的軀殼

滅

滅劫

道。修遠。路。很遠
銳利的疼痛，修遠。一切，遠

請勿惶悚，致死的繩索，
終究要套上脖子，
我們無可祈望赦免。
請勿祈禱，
在屍骨擁塞的塵土上，

請勿膜拜，
神已失蹤。
在沒有真諦的年代裡，
一切終局都是無奈。
讓我們懷著，
對於生命的虔誠感恩，
攜血肉以直面，
無情的殘略，
步步進逼的犧牲，
不妥協，
不告饒。

啊，在生與死慘烈的對決中，
永有漠視死亡的猛士，

躺在屋頂上的夢

吹響昂揚的號角。

猛士的命運，
最終必定爲生而死，
因死而生。

遠啊，修遠啊！
不屈的崇奉令人冀望！

滅劫

躺在屋頂上的夢

篤行

即使是最尖銳的刀痕
即使是最跌宕的命運

即使是最卑下的屈從
即使是最劇烈的苦厄

即使是最淒涼的憂傷
即使是最悲壯的獻予

篤行

戕

爲了生存我必經歷一次死亡
——題記

險惡而無形的世界裡
我的一生走投無路
在刣人與被刣的其中
這個走投無路的人是我自己
是我奄奄一息的軀殼

是我僅剩的一副殘存的人皮

我走投無路
死亡的進逼瘋狂而暴虐
在血和骨刺目　罪惡被膜拜的死地
它的兒子在剮人
它的兒子要我剮人
它的兒子要剮我　剮它自己

躺在屋頂上的夢

啊，刮人的手長滿了每個角落
血光裡我看到紅色的河流
飄浮著堆積的屍肉

在與罪與惡的對峙中
我獨自手握銳利而痛疼的戈矛

而血光裡隨時有一片帶血的刀
砍向我的身體
劈開我的頭顱

戕

躺在屋頂上的夢

騎馬的夢　手提人頭

騎馬的夢，騎馬奔馳的夢
手提血腥的人頭
從遠方來，到遠方去
所有的塵土都爲此而飛揚
所有的大門都爲此而破碎

塵土中的一顆人頭
被緊攥在夢的手裡

在人類驚疑的目光中牙齒咬緊
從遠方到遠方鮮血滴盡

騎馬的夢，騎馬奔馳的夢
手提人頭，縱橫跌宕

直到所有的絕望都把我們粉碎
直到所有的塵土都把我們埋葬

界限

我遠遠地看你，
你遠遠地看我。

我看你時的迷惘，
正如你迷惘地看我。

界限

祭歌

躺在屋頂上的夢

以血水洗去一身塵土
手握割開血肉的明刀
投入一場神秘的大火
在火光中歌唱死亡
歌唱骨頭堆中的骨和灰
在火光中
我看見太陽的骨頭雪白
像我雪白的骨頭放射的光芒

我的光芒穿著繽紛的衣裳
我的衣裳裡面是我雪白的骨頭
我的骨頭留下了死亡的火光
在火光中歌唱太陽
歌唱自己

最末我把我的灰獻給太陽
太陽歌唱了我
我歌唱了自己
滾滾的火焰歌唱了我們

祭歌

血潮

躺在屋頂上的夢

宏壯的一生血水豐盈血液奔湧
必以洶湧的血潮
沉浸每一個殘滅的生命
今生除卻鮮血　一切亡闕
滔滔的血潮上
漂浮著萬物累累的屍骨
它們是蕃息的糧草　永恒的事業和驕傲

那殷紅的血潮上堆滿了永世不絕的屍骸
我是它們最終的墓塚
而我因而長享人類莊重的祭儀和不息的讚歌

血潮

躺在屋頂上的夢

夢

於是，她是我反復夢見的悲楚了——

那沉落在血水裡的豔麗，
是喋血的美人！是她生命焰火最後的榮華！

……無人應我。

——一切沕穆。

而雲水蒼莽。

而我遙深的睡夢裡永有一束寒冷的血光。

躺在屋頂上的夢

獻詩

眾神，如若詭秘的正義力量果真存在
祈請你們不要逼使我不朽或者再生
在這個世界上我只要一次合理的生存和死亡
我沒有任何理由渴求不朽或者再生

靈魂息息相通，啊眾神
人生的瞬息本已令人蹙悚於塵世的慘烈
祈求你們不要使我不朽或者再生

我無限熱愛著一次合理的生存和死亡
眾神啊！給我安息
故而我必能暢飲生命甘美之漿液
故此頌唱的言辭
必定綻放在柔媚的嘴唇上

水月

就這樣默默地對望
你無力分擔我一身的寂寞
如同我無力分擔你的寂寞

獨坐，萬物噤聲

水月

遠人

以是我不願做被讚頌的榜樣
讓我獻出鋒鏑，卸下盔甲
把璀璨的桂冠
恭敬地戴在衆人的頭頂
讓衆人坐上寶座
讓衆人的光芒
炫耀革命的沃土
點亮叛逆的靈魂

我的光芒
一切榮華全歸衆人
我垂下心靈激越的雙翼
只求默默隱匿
做一個清澈的人
愛恨無痕
一塵不染地
迎來朝晨
迎來黃昏
痛飲或酣睡

我決意在空寂的意境裡永生遁藏
在宓穆和虛無的化境裡
無畏地活著或者湮滅

遠人

別辭

到遠方去
遠方一片明媚
遠方遼闊而闇沕
遠方就是一輩子的漫長道路
漫長的道路萬物蒼莽

到遠方去
攜血肉之軀

去築造遠方平靜的家園
遠方是我的永生的遠方
遠方是埋葬我的神聖的土地

我是遠方美滿的兒子
我拍了拍身上的灰塵
坐上心愛的馬匹
到遠方去
此去萬水千山
一騎絶塵
再無歸期

遠方是我完美的理想和歸宿
我將在遠方肥沃而平靜的土地永修

別辭

躺在屋頂上的夢

啊，遠方霶霈　無量無邊　泥土埋葬

遠方空無一人
遠方萬里無雲一片明媚
遠方只有塵土、骨頭、灰。遠方靜靜

別辭

生命

脈脈含情地，降臨
在愛的懷抱
充滿期盼
篤信恩寵的意旨
以勤懇的姿態
蘊含感奮的祈望
裹挾著意氣昂揚的情懷
寄情於群峰壁立的姿色

踏勘崎嶇
直指蜿蜒而上的崒嵂
磅礴勃發
嬌縱在危石之巔
以血性剽悍的兀傲領有淬瀝

誰知　一個踉蹌
我摔倒在她的腳下

——她的腳下驚濤盛開浪花

給我以狂飆的海洋
給我以聳立的駭浪

生命

遠方

幸福
是我遙遠的遠方
我的遠方
和我一樣遙遠
我無法靠近
我親愛的遠方
我的遠方
在遙遠的遠方

遠方很美
只睡在我的夢裡

遠方遙遠
遠方有幸福的眼睛
飽滿幸福
飽含淚水

幸福
是我親愛的遠方
它光芒四射
親愛的遠方
我無法靠近
遠方很美

遠方

躺在屋頂上的夢

不可言說

遠方遙遠悠久
遠方遙遠奪目
我欲如雄壯的駿馬
踢踏馳騁
但親愛的遠方
我無法靠近

抵達遠方的道路
石頭生長
山岩與荊棘生長

——幸福遙遠

遠方深刻
一切付與風塵

至美

無須讋懼張惶，
生死榮辱的幻滅已使我驀然醒覺——
如果你是劈開我靈魂最燦爛的一刀，
我絶對相信那火花迸射時的光芒輝煌奪目。

至美

躺在屋頂上的夢

一代

天黑了

塵煙滾滾的古邦巨人黯然沉默
隻身退入
籬笆下的月影

仰首痛飲
蒙塵月色

一代

幸福

我必返回火
我的家鄉
把我寵愛的家鄉
這我唯一的歸宿
這我最終的天堂
在空寂無人的遠方燃燒
等我歸去
擊節歌唱

我的家鄉
要我在家鄉做王
家鄉中
唯一的一頂王冠
已在烈火中
把我苦苦等待
期待我去領有
奪目的光彩

家鄉清明而安靖
家鄉廣闊
一切邈遠
在家鄉
火花盛開

幸福

躺在屋頂上的夢

火焰茂盛
相悅我的全是火
全是我自己

啊衆神沉默

幸福

絕句

遠道而來的馬車
是鄉里的馬車
是鄉里的馬車
要把我接回故土

我的鄉里遙遠而神奇
鄉里的道路岩塊壘砌
鄉里靜寂一片

火花繽紛
我是鄉里
被寵愛的嬌子
我是鄉里
歌詠中的嬌子
而鄉里中
只有我一人
放歌詠唱：

頭顱已落地
一切
由頭開始

絕句

致

若說，你像淒清的冷月
我信，——我心底裡的冰涼
冷卻了黯淡的夜晚

若說，你像縹緲的幽夢
我信，——我夢境裡的影跡
瀰漫著虛無的淒美

若說，你像璀璨的流星
我信，——我被擦亮的光芒
點亮了我的憂傷

親愛，請敞開你飽含秘密的花園
那必定讓我加冕花冠的理想聖地

我相信最美的緣分
我相信最好的安排

致

入夜的天空下

入夜的天空下
似乎只有我一人
天空下平靜而暗黑
天空下
似乎只有我
孤獨的一人
在天空下

尖銳的思緒如明亮的利刃
充滿血液和力量
使我徹夜難眠

在平靜而暗黑的天空下
我沉默無語
只想起
鋒利的刀
如火焰不凋謝的花朵

入夜的天空下
我不想成爲灰
我卻必然爲灰
我終究躲不開

入夜的天空下

躺在屋頂上的夢

砍向我的刀
射向我的箭鏃

入夜的天空下平靜而暗黑
平靜而暗黑的天空下充滿殺氣

入夜的天空下

夜

深深的夜
月亮丟了

風　蕭瑟
夜　冰冷

冰冷的夜是深深的寂靜
寂靜是心內滾滾的風暴

夜

躺在屋頂上的夢

夢：頭顱

坐在一堆頭顱上做夢
做夢的日子
一顆顆血紅的頭顱
從一片刀光中
滾向我的腳下
而我自己的頭顱

除了做夢　夢中的頭顱
誰將會割下我的頭顱

坐在頭顱一片的夢中
誰的頭顱
又將會滾向我的腳下
滾向我的腳下的是多少顆頭顱

我是唯一坐在一堆頭顱上
做夢的孤獨

一顆顆血紅的頭顱向我接續滾來
多像我們豐碩的果實　佈滿田野

夢：頭顱

門

打開的門忘記關上
未打開的門不知何時打開

關上黑色的門
又推開了另一扇黑色的門

門

最好

你最好像一絲裊裊的微風
輕輕，溫柔地
滑過我的肌膚
在你，輕撫下
我報以絲絲含情的繾綣
你最好像一出溫婉的夢
在你，柔懷裡

我的呼吸
在你，呼吸裡
一絲一絲地
吐露幸福的氣息

你最好像一汪甘美的水
在我的眼前，氾濫
讓我的遨遊
成爲你
最優雅的姿態

最好，最好是你愛我
把愛情給我
我把一切交給你

最好

痕

躺在屋頂上的夢

在迷亂的孤影裡
一幕幕綺麗的影跡
在額頭敲響
驚醒的夢覺

美好的一切已了無聲跡
我始終在苦長的日月裡
想你或恨你

若愛你是我的錯
我甘心一錯再錯
如恨你因你的錯
我情願坦然稟受

在我淺薄的思想裡
愛或恨
我都是唯一的幸福受難者

痕

山野

一片蝴蝶
沉迷
花叢
幾聲鳥鳴
溪水淙淙
飄浮著
墜落的繽紛

花旁樹下
是誰家
一扇虛掩的門

山野

躺在屋頂上的夢

宿

不是嗎，我終將無法抵達夢想中遙不可及的光輝聖地
我註定要被架上血腥的祭壇　除卻殞歿我別無選擇

我的軀殼已走上凋落的道路
——我必死　靈魂必死

啊在幸福的毀滅中死亡是多麼美好
宛若死神是甜蜜的少女把我緊緊摟在懷裡

愛你，生好的少女
愛你，親愛的少女
愛你，愛我的少女
而或死亡勝過一切

宿

乘著死滅奔馳的馬

乘著死滅奔馳的馬，我奔向黃金的寶座
那黃金的寶座在没有天堂和地獄的地方
無人察覺，——那裡只是虛空……只是虛空

我帶著在痛楚的胸膛裡泛起的幸福
血跡殷紅，在死滅奔馳的馬上
奔向黃金的寶座……啊，虛空
你是導引我的神力

而我已聽從你的召喚
我將奉獻給你一個虛空的我
我要在你永恒的懷抱裡忘掉一切

啊，讓我快快趕路
讓我疾馳，身披華麗的光芒
我所要到達的地方除了虛空，啊，只是虛空

——我黃金的寶座

絕域

躺在屋頂上的夢

死了，兄弟姐妹死了，天使死了
瘋狂的日子死了。該死和不應該死的都死了……

神啊！你是否活著已並不重要

鐘聲敲響
悠悠長鳴

幸福花園的大門再次打開
花園裡已空無一人

幸福巨大
幸福孤獨

誰將踏著死屍走向幸福花園

頌詞

銅鼎上銘刻了我們的幸福……

一切都是彩色的——
彩色的日子，
彩色的夢想，
彩色的歡笑，
彩色的心情……

被銘刻在銅鼎上的幸福，
冰冷猶如刀鋒上的月色。

頌詞

杯子裡的幸福

杯子裡的夜晚
一切縱橫踼踏
杯子裡的幸福
是杯子裡的夜晚的幸福
也是我的幸福

馬也在杯子裡
也在幸福中

在我的肺腑裡
幸福地馳騁

豐盛的杯子裡
千年的銅銹和屍骸
也是我杯子裡的情人
她從喉嚨直達
我的肺腑　肉體
和血液

杯子裡搖動著
夜晚　馬　情人
我內心清澈
醉是思想

杯子裡的幸福

也爲火焰

杯子裡之外
似乎一切也美
杯子裡的生命更美
更幸福

杯子裡的幸福
是我嘴唇最親近的幸福
是我飲下的最真切的幸福

我最真切的幸福之外
有我撕裂的哀傷
在撕裂的哀傷裡

我牢記啜飲的每一口幸福

杯子裡的幸福

翼

風吻著月亮的臉龐
風咬住太陽的嘴唇

我壓了壓翅膀
從滔滔的塵埃穿過月亮和太陽

翼

歌謠

渺茫的家鄉
始終因煙霧裊裊
而彌漫
而迷茫

在家鄉中
王在呼吸
以火焰爲名

一吸一吐
以火焰爲名
燦爛焚燒

一切難忘
我坦誠
家鄉深微
你很美
我也美
但我只能永遠對你忠誠

歌謠

靈語

我很孤獨
馬也孤獨
孤獨把我和馬圍繞
獻上璀璨的桂冠
讓我乘馬爲王
孤獨恭敬地對我說
我對你無限崇拜
我對你忠誠和堅貞

在馬背上
我的孤獨恣意縱橫
我把自己交給孤獨
把思想交給親人

叫我如何能忘記

叫我如何能忘記

像忘記一個迷人的笑靨
像忘記一次陶醉的邂逅
像忘記一段美妙的情愫

叫我如何能忘記

像不能忘記的苦楚和煎熬
像不能忘記的幸福和歡悅
像不能忘記的嬌柔的麗質

叫我如何能忘記

躺在屋頂上的夢

語

真實地擁有兩顆心靈
一顆受難
一顆溥愛
真實地擁有兩個世界
一個看得見
一個看不見

真實地擁有兩條生命
一條走向死滅
一條領受膜拜

生是命數
死也命數
一切深邃

語

火煉

始終有奪目的靈魂　在火焰裡淬煉

此刻，我無法傾訴
唯在心裡祈求火光永遠燦爛
我願意在火中受禮

熾盛的火呵
永久燃燒

必定不朽
火焰裡，我何處傾訴
請讓我融入最後的輝煌
彌漫著焚燒的火焰

我懇求，火焰
不要熄滅
火焰，燃燒我
把我吞噬
讓你完成我骨血最後的熔煉
達成完美的理想和壯烈的毀滅

一切無從訴說
火焰裡

躺在屋頂上的夢

有我自己
我是光明
在黑暗中
我是不朽的榮光

燃燒的火焰
使我此生一路斑斕
使我充滿了火一樣的光華

呈現真實的火焰啊

你好
生命的蹤跡一閃而過
我來了，幸福的光明是不朽的榮耀
故我決意在火焰裡斷送自己的一生

把自己交給火
讓自己成爲火，成爲火種

我將忘卻一切
沉浸於火焰裡的光明
你是淬煉我生命意志最好的殿堂

而火之外，我之外
一如往昔
火光裡
唯我誰在
火光明亮啊
氾博的心靈
滾動著雷鳴般的鐘聲

火煉

——鐘聲長鳴

我親愛的人啊
幸福地享用美好的一切吧
阳光曼衍
日子嬌美
一切美麗

深深請求虔誠祈禱

最後，請讓我向你們坦白
是我，是最愛你們的我
把血液和光芒獻給我最愛的人

留下美妙的溫暖
獨自悄然地遠去

火煉

顏色

黑色碎落。黑暗裡——

夢想頹喪

孤獨荒涼

黑暗裡。把心靈塗上快樂的顏色

把甜美的思慕

塗上燦爛的顏色

獨自插上黑色的翅膀
向著熠熠的黑暗飛翔——

飽含淚水漣漣的悽愴
永有心內暗暗的刺痛

心碎。黑暗裡
苦澀的心，自己破碎

黑色碎落的火焰啊
照亮著熠熠的黑暗
黑色碎落的火焰啊
把我擁進它的懷抱

躺在屋頂上的夢

黑暗裡。一顆抖動的心
一片黑暗
幸福又悲愴
獨自插上黑色的翅膀
向著熠熠的黑暗飛翔——
黑色碎落……

顏色

距離

請給我一個理由不再緬想
那嫋娜且羞澀的翩翩美態

然而心懷的婀娜及聲色臻美的動情
已若瞬即磷火渺冥在深邃的印痕裡

思慕，是一隻腳丫
架在另一隻腳丫上的距離

距離，是一個世界
遠離另一個世界裡的遙想

祭

永遠的輪回離殤
記憶中掠過的印跡
爬滿遼闊的心靈

炮花華美
綻放在樹叢，在原野上
漫漫飛舞

柔亮的香燭前我虔誠而誠惶誠恐
敬肅的膝蓋陷在泥土芬芳的地下

祭

躺在屋頂上的夢

讓我夢見，有一片片的濕潤
裹帶著絲絲細膩入微的氣息，嫩滑地
甜甜地親吻我荒涼的額頭

讓我夢裡，月色如水的溫柔
照亮著羞澀的情人
那嫵媚的臉龐
潤滑的肌膚，像絲絨

絲絨般的柔軟
讓我如癡似醉的寫下：甜蜜的
一脈凝睇，和那臉上漾動的嬌媚
如同絢爛的色彩綻放在我的心懷

激靈

如蘊積的不朽氣質
以角逐的磅礴美態
掠過叢林河野
縱情於重巒疊巘的端麗

裹一身塵土血氣
愛慕雄激的踢踏
吹奏宕軼的號角

摘取勝利的桂冠
敲響鑼鼓唱凱而還

深入骨髓和靈魂的溥愛
讓我歌詠那震撼心魄的坎坷及縱橫的渾穆雄强

激靈

境：鏡子上的鏡子

蔚藍的鏡子裡
我看到了天空
素潔的紗幕上
千百淩越的姿影流星般掠過

給我以飛翔的翅膀
給我以豪邁的瀟灑

境：鏡子上的鏡子

一瞥

是誰　獨醉一隅
仰望高聳的朦朧

是誰　解開衣襟
摸索怒放的峰叢

當天空倒扣在依稀的月色裡
是誰的雙手摘取了累累碩果

美色在顫抖的氣息中
臉頰凝滿緋紅的羞澀

一瞥

隱沒

四野闃然
塵煙退隱

一樹樹的柔和
那片片的幽靜

輕輕
搖落

一樹樹的柔和
凝視的清波
含情脈脈地讚美

隱沒

心意

驚喜不止於傾瀉的雨水
愜意的滴落
還有眼裡
充滿的黎明曙光
還有山巒疊翠
瀰漫的氣息
還有澎湃海水
敲響讚美的鼓

還有，金色的火焰燃燒
高高映照的一片光芒
還有明媚裡
一卷卷
浪漫的逸致

還有一樹樹的月色
搖曳的俏麗，還有
每一個日子
雄偉沉著之氣
傾吐出的，一片片
優雅氣質，每一瞬
燦爛，那年華
曼妙，如招致的愛慕

躺在屋頂上的夢

砰然一聲
輕盈地
綻放在
如癡如醉的心扉

心意

哀歌

那麼蒼涼，風，蕭瑟
拖著一臉的傷悲和低沉的嘶吼
吹過縱橫的山水峰頭，拂過
天空和田野
吹響樹葉的歎息，掠過
濕潤的眼睛
滾滾的風塵

一瞬
一天
一年
一生
一世一塵不染
黃銅般嘹亮的鏗鏘激昂
依稀仍在煙霧的繚繞裡
如溫暖的感覺意猶未盡
花落花開裡，暗香浮動

我漫卷的心旌蕩漾
以顫抖的指尖
輕觸崩潰的意緒

躺在屋頂上的夢

這一天
花謝
這一夜
月沉

歲月嬗遞，誰的聲音
將迴響在無數年後的塵世

哀歌

狂飆的搖籃裡

爲我洗塵的狂飆
拋來的驚駭震顫
給我以恣意揮灑的搖颺
讓喉嚨，酣暢地
吐出鹹鹹的味道

舞蹈的浪花
一朵朵飛濺，脱穎成

一片片深情的擁吻
如此，讚歎的雙晶
充滿了驚濤的氣概
如此，耳畔的澎湃
報我以低沉的呢喃

如此，像這樣
我依稀地
看到遠方的山峰綻放的靜嫻
那一片搖曳的猗蔚，纖美
如微笑，含蓄滴落
柔慢，在靜愨的心裡
綻放葳蕤一樣的綠意

寵

天空中的月亮
月亮中的王子
天頂降臨的王子呀
伸出溫馨的手
牽著溫暖的手

天空中的月亮
月亮中的王子

是珍貴的寶貝
是至愛的寶貝
驚喜在那孤寂的黯淡裡

多麼美好
善良的王子
體貼的王子
浪漫的王子
那麼溫暖
那麼親近

跡：意緒

必須寂寞：
塵土飛揚之時，
我獨自，
走向遼遠的孤寂，
鼓噪的聲息，
使我觳觫。
我無法，
平息胸中的驚顫。

無誰能聽見，
黃金般的言語，
在燦爛裡呢喃。
必須緘默：
情感的喟歎，
已刻骨銘心，
有誰能感知，
一顆良善的心靈，
一次次的善行！
不必說出，
無須張揚。
必須醒覺：
人生的殘害，
割肉裂骨似的煎熬，

跡：意緒

無誰予以蠲免，
誰能詮釋！
何必張惶。
必須冷靜：
誰能洞悉，
驚濤似的思想，
如寶石般堅韌！
——無誰共憂戚！……

天下一片喧闐，
我與之相對無言，
唯獨心內崩摧的意緒，
有一聲聲悵悵的歎息。

跡：意緒

黑暗它把我團團圍住了，太陽

黑暗它把我團團圍住了，太陽
我不知道這是我的幸福還是悲哀
在一切都不再光明的時刻
我不會被輕易放過
我也是黑暗的一部分
我不知道這是我的幸福還是悲哀

太陽，黑暗充滿了我的全身

我的黑暗已達到了極限
從你沉睡的那一刻開始
黑暗是我生命全部的景象
我不知道這是我的幸福還是悲哀

在我黑暗而迷惘的一生中
太陽啊，這是我的幸福還是悲哀

黑暗它把我團團圍住了，太陽

面己

是怎樣巨大的隱痛！
在生命被壓榨出一滴滴血水的日子，
苦難的種子瘋狂地滋長出鋒利的芒。
——故此我已徹底不再心存寄望。
不息的煎逼，已使身心崩毀！
感覺只剩下一顆心在繼續流血直至殘破毀壞。

啊，命之殘存只因掛心，

命之不死卻甚於死亡。
問誰乞討軫恤？
啊啊……有誰賜予垂憐？
——我用顫抖的手撫摸顫抖的手，
心力衰竭，
幻覺死神聲聲太息，
墓碑清晰可見，
墳墓輝煌。

雙眼闔上，數念著親人，
想起太陽、月亮和命運女神
……耳邊響起了震栗靈魂的樂曲！

面己

殤

這是熱血灑盡頭的時刻。拋擲頭顱　犧牲自己
我輕聲對自己說：一切註定　無可救度
明亮的斧鉞終將在烏黑雄壯的血漿中腐蝕

啊太陽，太陽，沒滅的蓬勃力量佈滿生存的角落
沒滅是一條義務的道路　一旦覺醒　便是死亡
道路夜色柔媚　事業輝煌

啊太陽當你咯出了最後的一灘鮮血
安詳地睡在了漆黑的夜晚
我將歌唱　放聲高歌
歌唱撕裂的骨肉　歌唱血腥　歌唱惡毒的勝利

黑暗是我的墳墓
墳墓裡——
一顆被埋葬的貴重的心
一顆被埋葬的騰躍的心

而一切都在意料中：我將在黑夜裡踏上燦爛的黎明
我已然感知到即將來臨的黎明的氣息和光明的熏醉

殤

對話

迷人的幸福
我是幸福
又不像幸福
曼妙的快樂
我是快樂
又不像快樂

我們默然無語

我們一無所獲
留下笑聲和眼淚
想起幸福和快樂
彼此念念不忘
用心敲打出臮臮蕩漾的旋律

躺在屋頂上的夢

火

讓我在黑暗裡擁有火
讓我在黑暗裡死於火
——題記

幽邃的火在焚燒
掛在黑夜的頭頂
掛在黑夜的頭頂

是孤獨而燦爛的皇冠
我把孤獨而燦爛的皇冠
掛在自己的頭頂

在無邊的黑暗裡
她是唯一的光芒
她是我一生的輝煌
她是別人無法褫奪的夢想
和我唯一的情人

這孤獨而燦爛的皇冠啊
使我欣悅
使我驕傲
也許會把我燒成灰燼

躺在屋頂上的夢

燒得屍骨全無
燒得一乾二淨

燒盡骨血和全部的思想

火

空白

靜觀一切，
深思一切，
領悟一切，
惟在盈耳的鼓噪與罵詈中，
我覺出——
寂。
且冷。

我所不能寬宥的仍舊是人性最無恥的醜惡，
如同我不能感悟的妙諦堂奧深邃無從詮釋。

空白

荒漠

爲什麼流連？這是人間荒蠻的一角
死寂的遼闊一望無際是我全部的空虛

我怎能叫你驚歎
你想像中的浪漫此刻一片淒涼
必使你歌聲嗚咽　徹夜難眠

別爲我感到悲切

在你領略了我的孤寂的時候
你將高聲地唱出幸福的情懷

我無法給出你想象中的期盼
我獻與的僅僅是我的所有
你不要失望
我的一切　僅僅是我的一切

你不要不承認
我的生命絶不是你夢想中的華彩

我無法點綴你
你無法陪襯我

荒漠

祈

躺在屋頂上的夢

絕色的美人
嬌美的月色
光彩的冠冕
愛情的浪漫
友情的珍貴
人生的完美

讓已經得到的不再失去

讓該要珍惜的永遠珍惜

祈

感知

孤鳥因寂寞而輕唱淒清的歌？
滄海不甘寂寞，激蕩起疊疊浪花？

大地的寂寞，喚醒了隆隆的炸雷？
而我因寂寞，而愛上了寂寞。

蒼涼的日子裡唯我歌唱茫茫的暮色。
寂寞是我嘹亮的號角和熾熱的焰火！

感
知

溟蒙

就這樣，輕輕地
翩然而至的柔美
飄逸那婷婷的綽態

就這樣，翩美的
曼妙風姿，如此
窈窕動人，那輕盈
是娉娉嫋嫋的婉美

就這樣，溫柔的
滑過嬌嫩的肌膚
那絲滑的玉體
如柔荑，像凝脂

就這樣，我聽見
羞澀的呢喃細語

溟蒙

鐘聲

我無限地熱愛著你
有著你
我並非一無所有
有著你
日子很美
陽光很美
思念很美

在至美的斑斕裡
你最美

愛情的鐘聲
夢幻的鐘聲
童話的鐘聲

確信我如翱翔的海鳥

確信我如翱翔的海鳥
血性剛毅地迎著猛烈呼嘯的風
煽動著那曼妙的翅膀
用恣意的歌聲傾吐激越的情感

那浪濤翻滾的聲音
是最奇妙的音律
激發起肆意的情懷……

——怒吼吧風暴，確信我如翱翔的海鳥
儘管我的生命那麼微小
我始終對大海一往情深

悲哀

被夾在狹窄的裂縫裡掙扎著生存著

我是太陽最後的餘暉
我是風中飄飛的花瓣
我是被擊碎了的幸福
我是死神嬌寵的驕子
我是一切因爲生存而死亡的力量

我必在你狹窄的裂縫裡等待死亡
我是奴隸，被你佔有，讓你毀滅

在狹窄的裂縫裡，我快要死了。——你呢

難道屍骨是我最後唯一收穫的苦難和幸福
我似乎隱約地洞察到隱藏在墳墓寶殿的輝煌

躺在屋頂上的夢

湮滅

道路充塞著尖銳的人骨
道路頭顱佈滿，骨殖疊起
我們風塵僕僕而來
在炫目的骨堆
我們熱淚盈眶
注視著慘烈的呈現

疼痛的我們默默埋葬了衆人
又親手埋葬了自己

湮滅

獨白

不是所有的幸福
都是自己的幸福
不是所有的快樂
都能永久的繚繞

該過去的終會過去
該到來的必會到來

不是所有的幸福
都是別人的幸福
不是所有的快樂
都是短暫的喜悅

獨白

癡

你必是愛的天使
才能那麼激揚地
撩撥了我愛的靈感
像充沛的萬馬
在心裡踢踏

你必是愛的天使
若你不是愛的天使

又怎能使我
止息不了
心底猛烈的火焰

若你不是愛的天使
我的心又怎會
那麼的癡
那麼的迷
那麼的痛

——醒著，睡著

給

把憂傷留給自己
把幸福獻給你
把你奉爲女神
把思念當作關懷
把吟唱當作祝福
把你埋藏在心裡
狠狠想你
狠狠愛你

給你
軒昂的傲氣
給你
純潔的靈魂

縱使幸福只剩思念
即便苦楚還是苦楚

失

躺在屋頂上的夢

我的光芒是一盞黯淡的燈
所有的燦爛
像泯滅的火焰
消歇了那熱烈

我的光芒是一盞黯淡的燈
對著那黯淡的光芒
你是我的

一盞光芒的燈
直至光陰消失
直至奄奄一息
直至悄然滅寂

永別那幸福
永別那無望
不再有留戀
熄滅那黯淡

我把我託付給靈魂
我把靈魂託付給你

極美

陶醉。那翩翩的降臨，是那
容儀嬌妧的美豔
是裊裊婷婷的婀娜多姿
是那羞澀的嘴唇，楚楚可人
沾染了芳菲的氣息
悅懌地，飄落在甜蜜的臉頰
像羞怯的天使，莞爾的蘊含

像汗漫凝華裡
一片吻著肌膚的柔婉
輕盈，脈脈
含羞的
那甘美，是點綴在動人的臉上
深情的凝睇，芒彩

像是，邁著，輕盈的步履
窈窕的秀色，翩翩地降臨
駘蕩地，把雙腳
擱在陽光瞟暖的肩膀
爲每一個日子書寫柔情蜜意

躺在屋頂上的夢

WP158

作者資料
作　　者／游東煜
聯絡作者／

出　　版／**才藝館**
地址：新界葵涌大連排道144號金豐工業大廈2期14樓L室
Tel : 852-2428 0910　　Fax : 852-2429 1682
web : https://wisdompub.com.hk　　email : info@wisdompub.com.hk
facebook search : wisdompub　　google search : wisdompub
出版查詢／Tel : 852-9430 6306《Roy HO》

香港發行／**香港聯合書刊物流有限公司**
地址：香港新界大埔汀麗路36號中華商務印刷大廈3字樓
Tel : 852-2150-2100　　Fax : 852-2407-3062
web : www.suplogistics.com.hk　　email : info@suplogistics.com.hk

台灣發行／**貿騰發賣股份有限公司**
地址：新北市中和區中正路880號14樓
web : http://namode.com　　email : marketing@namode.com
電話：+886-2-8227-5988　　傳真：+886-2-8227-5989

網上訂購／web : www.openBook.hk　　email : cs@openbook.hk

版　　次／2019年10月初版
定　　價／HK$88.00　　NT$360.00
國際書號／ISBN 978-988-77657-3-5
圖書類別／1.詩集